AF330825

L'ABDICATION

DU SECOND CLERC,

OU

PROMENADE AU PALAIS.

N. B. Ces vers sont un pur badinage qui ne doit offenser personne. Tous ceux qui peuvent se croire désignés dans cette revue innocemment satirique, sont, aux yeux même de l'auteur, excusables des légers ridicules qu'il leur reproche. Il est assez naturel de se venger sur le public de l'ennui de son métier. Il rend d'ailleurs justice, comme il le doit, à leur mérite et à leurs qualités personnelles.

L'ABDICATION

DU SECOND CLERC,

ou

PROMENADE AU PALAIS.

Depuis assez long-temps tu me vois, cher Florbelle,
Follement possédé d'un inutile zèle,
Clerc désintéressé d'un procureur madré,
Noircir, pour cent écus, force papier timbré;
Depuis assez long-temps tu vois ma main agile,
Grossoyant avec art l'éloquence fertile
D'un patron qui, disert sans lire Cicéron,
Apprit dans le tarif l'amplification;
Par un luxe de traits, de frauduleux jambages,
Sans pensée et sans mots multiplier les pages;
Ou, changeant de calcul, de ce patron maudit
Dans une étroite feuille enfermant tout l'esprit,
Enter, pour échapper aux censures fiscales *,
Sur les mots imparfaits quelques courtes finales,
Qui, soulageant la ligne et ménageant le temps,
Avec économie en achèvent le sens;
Tour à tour, en un mot, prolixe ou laconique,
Alonger, accourcir sa requête élastique.

* Lorsqu'une copie de requête contient plus de 35 lignes à la page, on encourt une amende; les abréviations sont des ruses légales qu'un clerc adroit ne néglige jamais.

Les bras de mon habit, usé sans être vieux,
Et partout sillonné de chevrons glorieux,
Pour maître Chicaneau prouvent mes bons offices,
Et témoignent assez mes utiles services.
Pendant trois ans, mon cher, j'ai travaillé pour lui ;
C'en est fait, pour moi seul je travaille aujourd'hui.
Je m'en vais visiter et Cujas et Barthole ;
Par procuration j'allais à leur école ;
Lorsque l'on m'appelait, tu répondais : *Présent :*
Je n'aurai plus besoin de ton zèle obligeant ;
Et, réparant bientôt ma longue négligence,
Je t'offre dans un mois mon brevet de licence.
De clerc en ta faveur j'abdique le métier ;
Je dépose en tes mains la plume et le dossier.
Sois donc mon successeur ; d'obscur surnuméraire,
D'apprenti du palais deviens clerc titulaire ;
Je te lègue mes droits et mon autorité,
Que j'échange aisément contre la liberté.
Mais apprends tes devoirs ; connais-en l'importance.
    Le talent d'un bon clerc, crois mon expérience,
N'est pas de labourer, courbé sur son bureau,
Le papier que Thémis marque d'un triple sceau ;
Non, non ; pour le patron c'est peu qu'il sache faire
D'un commis routinier l'ouvrage sédentaire ;
Mais il doit au palais, adroit solliciteur,
Courtiser les greffiers, connaître leur humeur,
Les aborder sans crainte, et par mille artifices
Caresser doucement ou brusquer leurs caprices ;
Même de leur commis étudier les mœurs,
Et d'un fat subalterne obtenir les faveurs.

Ou sévère, ou plaisant, suivant leur caractère,
Protée industrieux, il sait l'art de leur plaire ;
Il flatte, galant même au temple de Thémis,
Ces greffiers en jupons, ces femelles commis,
Dont la main, dédaignant de filer ou de coudre,
Remue incessamment des dossiers noirs de poudre ;
Affable et populaire, on le voit, en un mot,
Caresser du palais le plus obscur suppôt.

A la cour de Thémis je veux être ton guide,
T'offrir de ses sujets une esquisse rapide ;
Vétéran du palais, j'en connais les détours.
Parcourons la grand'salle et les affreux séjours
Où les menus commis, tout gonflés d'arrogance,
Cachent, en dépit d'eux, leur obscure importance ;
Où les humbles valets des orgueilleux greffiers *,
Sans cesse environnés d'un rempart de dossiers,
D'oracles de Thémis copistes mécaniques,
Griffonnent, par instinct, ses formules gothiques.

Entrons dans cette salle, où maints S..... ** intrigans
Pour gagner leurs procès viennent perdre leur temps,
Où, prodiguant les dons, notre amour tributaire
Élève un monument au magistrat sévère,
Au ministre zélé dont l'éloquente voix
Du peuple, au sein des cours, a défendu les droits ;
Qui, patron généreux, vint, dans des jours d'orage,
De son royal client soutenir le courage,

---

* MM. les expéditionnaires.

** Le nom de ce plaideur défunt est assez célèbre pour être deviné
sans peine.

Toujours des opprimés inébranlable appui ;
A toi, grand Lamoignon, qui sembles aujourd'hui,
Sous le rideau jaloux qui cache ton image,
A l'aspect du présent te voiler le visage.

Vois-tu se promener, d'un air impérieux,
De l'antre de Thémis ces trois Carons hargneux,
Ces huissiers qui souvent, bavards dans l'audience,
Devraient se faire taire et se crier : *Silence !*

Le premier dans ses mains tient le baton fatal
Dont, à chaque audience, il frappe le signal*.
Si de sa robe usée on regarde l'étoffe,
Vraiment on le prendrait pour ce gueux philosophe,
Qui, parant de haillons sa stoïque fierté,
Laissait sous son manteau percer sa vanité.
Ses cheveux, sur le dos de sa toge crasseuse,
Ont laissé, raccourcis, une trace poudreuse ;
Il veut par vingt morceaux la disputer au temps,
Qui de ses doigts crochus la sillonne en tous sens.
C'est V*, lourd praticien, dont l'agreste tournure
D'un paysan grossier représente l'allure.
A la chambre équitable où préside M**,
Il chasse sans pitié tous les clercs du barreau ;
Il est brusque et bourru, mais il est sans malice.
Tu peux, malgré l'Argus, entrant par artifice,
Dans l'enceinte sacrée assis commodément,
Des Dupins à ton aise admirer le talent.

* Quand l'audience commence, l'un des huissiers frappe à la porte extérieure, afin d'avertir MM. les avocats et MM. les avoués qui se promènent dans la salle dite *des Pas perdus*.

Le second, c'est P**, qui, sous l'habit de ville,
Paraît un élégant dont l'air vif et facile
Respire le bon ton et sent peu son métier,
Et qui serait parfait s'il n'était pas huissier.

L** se place entre eux, ainsi qu'entre deux âges.
Son front déjà du temps a subi les outrages.
Précoce vétéran des chicanières lois,
L** a de Le Bon égalé les exploits.
Sous le faix du travail son dos quadragénaire
En voûte s'arrondit et penche vers la terre.
Avec un clerc timide il est dur et grognon;
Mais quand on lui riposte, il abaisse le ton.
Parlez-lui poliment, il reste inexorable;
Il faut quelques jurons pour le rendre traitable;
Alors tu le verras, fléchissant sa roideur,
Pour la forme, en vains mots achever sa fureur,
Et même, du palais quand l'horloge authentique
A, par un double son, marqué l'heure critique *
Où messieurs les huissiers à tout solliciteur
De leur nom paraphé refusent la faveur,
Complaisant malgré lui, d'une main débonnaire
Signer, tout en pestant, l'exploit retardataire.
Si L** des huissiers n'est pas le plus hargneux,
Des crieurs du palais c'est le plus ennuyeux.
De l'oreille sans cesse il offense l'organe,
Quand ce triste orateur, héraut de la chicane,
En appelant les noms, écorche les plaideurs,
Sans savoir épargner même les procureurs,

* C'est à deux heures que MM. les huissiers ferment leur
bureau.

*

Et, nasillant les mots qu'avec peine il bégaie,
Semble un enfant barbon dont la langue s'essaie.
Le tribunal devrait, par exprès jugemens,
L'envoyer à l'école ânonner sur les bancs,
Ou bien, par procédé, l'ajourner, pour voir dire
Qu'il est, même par corps, obligé de mieux lire.
  Chacun d'eux, du *Drapeau* lecteur associé,
Admire, à frais communs, l'auteur stipendié
De qui, chaque matin, la feuille forcenée
Fait leur opinion de toute la journée.
Même on les voit souvent, intrépides lecteurs,
Du *Drapeau,* pour deux sous, emprunter les deux sœurs,
Et, lisant jusqu'au bout ces feuilles fraternelles,
Commenter gravement leurs gothiques nouvelles.
Ils seront doux, polis, si tu prends bien ton temps;
Pour des huissiers enfin, ce sont d'honnêtes gens;
Mais j'ai pitié du clerc dont l'inexpérience,
Lorsqu'ils règlent l'état, leur demande audience,
Et qui vient se jeter, réclamant ses exploits,
A travers les destins des peuples et des rois.
  Mais viens de ce côté... Vois de la T***,
Dont l'heureux embonpoint et les rondes manières,
Au lieu d'un lourd greffier, d'un pesant praticien,
Annoncent l'air joyeux d'un épicurien.
Son esprit vif décèle une heureuse culture;
En se faisant greffier il trompa sa nature.
Que dis-je? il est galant, même avec les beautés
Qu'enferme le palais dans ses boudoirs voûtés.
Il est doux, complaisant, et sans maussaderie
Consent à réparer la grave étourderie

De ces clercs éventés qui, bavards ou distraits,
Ont laissé, sans répondre, appeler leurs placets.
Mais j'allais faire injure à son digne confrère,
A N** qui, toujours poli, quoique sévère,
Sans prendre des vieillards l'air morose et grondeur,
En a l'expérience et n'en a pas l'humeur;
Bien différent, hélas! de ce greffier caustique,
Prôneur fastidieux de l'ancienne pratique,
Qui décrie à plaisir tous les clercs d'aujourd'hui;
Car tous ont le grand tort d'être nés après lui.
Voudras-tu de P** adoucir la rudesse?
Flatte les souvenirs que son esprit caresse;
Vante les jeux d'esprit des clercs du Châtelet,
Et les arrêts *futurs* et le *moule* à tiret *;
Enfin, il est à toi si, par inadvertance,
Au lieu d'un *jugement* tu dis une *sentence*.
Parle aussi des vieux *us* qui vont revivre encor :
Le siècle qui n'est plus est toujours l'âge d'or.

Mais j'aime mieux braver son humeur brusque et dure,
Que d'aller aborder l'insipide figure
D'un greffier dédaigneux, sur son coude appuyé,
Sans doute avec raison de lui-même ennuyé,
Qui, malgré mes discours, gardera le silence,
Et ne répondra pas même une impertinence.

Vois-tu du vieux G** le jeune successeur,
A**, naguère encor clerc chez un procureur?

---

* Autrefois les clercs, s'amusant aux dépens d'un nouveau venu
de province, le dépêchaient chez tous les procureurs pour leur
demander le code des arrêts *futurs* ou le *moule* à tiret.

Son air est simple, affable et sans pédanterie ;
De son état encore il n'a pas le génie :
Puisse-t-il, doux, poli, ne jamais oublier
Qu'il subit, comme nous, les rigueurs d'un greffier,
Et, de notre métier connaissant les misères,
Dans tous les clercs nouveaux aider d'anciens confrères !

Mais un autre portrait vient s'offrir à nos yeux :
C'est l'aimable sultan de ces greffiers fâcheux ;
Il n'a point d'un commis la tournure insolente.
A deux heures, il vient, d'une main complaisante,
Sur quelques jugemens épars dans un carton,
Pour cent louis par mois, distribuer son nom.

J'entends sonner une heure : abandonnant son siége *,
Le juge enfin échappe à l'ennui qui l'assiége.
Viens dans ce beau salon, où, seul, tous les deux jours,
Malgré les avoués et leurs adroits discours,
M**, des chicaneurs démêlant l'artifice,
Improvise ou plutôt devine la justice !
Hélas ! j'y cherche en vain le doyen du palais ;
Cher C**, que les clercs regrettent à jamais,
Dont la muse en rabat, burlesque hermaphrodite,
Par insigne faveur, eut le double mérite
D'écrire une ordonnance et de rimer des vers,
Toi qui nous égayais par vingt lazzis divers,
Toi qui du calembourg reculas la science,
Dont l'esprit en ces lieux brille par son absence !
S** en effet, ton indigne héritier,
Ne dit point de bêtise en faisant son métier,

---

* C'est à une heure que finit l'audience de la première chambre
du tribunal, et que commence celle des référés.

N'adresse point en vers, esprit tout prosaïque,
A quelque jeune Iris un billet érotique *,
Et ne sait pas mêler aux graves *attendu*
Quelque plat jeu de mots, quelque vieil impromptu.
  Mais si, moins que C**, S*** est poëte,
Son air est plus affable, et sa main toujours prête
A noter, au placet, le procureur absent
Qui toujours, par écrit, veut être au moins présent.
Un clerc impatient veut-il d'avance apprendre
L'inévitable rang que son procès doit prendre ?
Il lui dira qu'il peut, en toute sûreté,
Sans risquer d'encourir le défaut redouté*,
Pendant dix référés bâiller à l'audience,
Ou toiser la grand'salle en prenant patience.
  Vois cette femme assise auprès d'un procureur ;
De la cour de Thémis c'est la dame d'honneur.
Sa figure est aimable et n'a rien de sévère ;
Elle est des magistrats l'utile ménagère,
Surveille leur toilette, en lieu de sûreté,
Dans le porte-manteau, range leur dignité ;
Ou, d'une jeune Hébé faisant l'aimable office,
Avec un consommé rafraîchit la justice,
Nous prévient que M**, réconforté, dispos,
Va rouvrir son oreille à des débats nouveaux.
Son feston à la main, même dans l'audience
De causer à voix haute elle prend la licence,

---

* L'auteur du charmant *Panorama du palais* nous a conservé comme précieux fragment un des vers amoureux que le Catulle des référés adressait à sa Lesbie :

Le palais retentit de ma pente pour toi.

Sans que l'huissier menace ou vienne la troubler ;
Par égard pour son sexe, il la laisse parler.
   Des clercs et des plaideurs quittons la multitude.
Des tableaux éloignés réclament notre étude.
Montons cet escalier sombre, étroit, tortueux ,
Et qui semble mener vers un repaire affreux.
Là sont les procureurs : là, censeurs domestiques,
Ils s'adressent entre eux d'obligeantes critiques ;
Là, jugés par leurs pairs, ils rognent prudemment
Le mémoire indiscret d'un avare client.
B** de ce sénat est l'heureux secrétaire :
Sous lui bâille un commis qui l'aide à ne rien faire.
Un semblable loisir, un embonpoint rival,
De son humble sujet ont fait presque un égal.
Le *Moniteur* en main, à l'ennui qui l'obsède
B** cherche, en lisant, un funeste remède.
Un clerc, novice encor, lui demande un dossier ?
Il ne lui répond pas ; il lui montre un casier,
Et lui nomme du doigt, gravement flegmatique,
De N**, son patron, la case alphabétique.
Donne-toi tes dossiers, ne les demande pas.
   Mais visitons du fisc les avares soldats
Qui, sur tous les procès levant d'énormes dîmes,
Même sur le bon droit perçoivent leurs centimes ;
Entrons dans leur séjour. Deux lourds in-folio
De leurs battans poudreux remplissent le bureau.
Là B** et H**, caissiers de la chicane,
Aux exploits, aux arrêts font payer la douane.
Tu peux parler sans crainte à l'honnête B** ;
C'est l'aimable héritier de l'ennuyeux B**,

Qui, Géronte nouveau, savait ne pas entendre
S'il s'agissait parfois de payer ou de rendre.
    H** est assez froid; mais son urbanité
Civilise du fisc la grossière âpreté;
Et, si tous ressemblaient à ce loyal confrère,
Je t'aurais épargné ce long itinéraire.
    Parcourons ces réduits qui cachent dans leur sein
De greffiers, de commis un innombrable essaim,
De l'un et l'autre sexe étonnant assemblage.
A** s'offre d'abord; car du premier étage,
Quoique simple commis, il obtient les honneurs.
Un clerc peut aisément conquérir ses faveurs,
Et, sachant mériter sa juste confiance,
Faire un emprunt gratuit, dans les momens d'urgence.
On dit qu'il est dévot; mais sa dévotion,
Sans aigrir son humeur, le rend facile et bon.
Poursuis : vois ce bureau qu'enceint un long grillage
Où semble emprisonné quelque animal sauvage.
J'aperçois un greffier; de sa brutale humeur
Jamais, malgré mon art, je n'adoucis l'aigreur.
Il ne vous répond rien; ou, sans quitter sa place,
Bredouille sa réponse et vous brusque par grâce.
Vainement tu voudras, par un ton suppliant,
Conjurer du bourru l'accueil impertinent;
Il faut qu'à le subir ta fermeté s'apprête :
D'un front indifférent supporte la tempête;
Prépare ton audace aux rigueurs d'un commis;
C'est par-là justement qu'un bon clerc vaut son prix.
    D***, son collègue, a l'humeur plus traitable;
Et, grâce au voisinage, il paraît même affable;

De son chef quelquefois, avec prétention,
A défaut de la place, il usurpe le ton ;
Mais, de sa vanité connaissant le caprice,
On supporte aisément sa colère factice.
L'on obtient tout de lui, sans long-temps supplier ;
Il gronde seulement pour l'honneur du métier.

Tu vois, séparé d'eux par un long intervalle,
S*** travailler dans le fond de la salle ;
Sombre, il semble penser profondément à rien ;
Il est lent, il est froid ; et l'aimable écrivain,
Qui peignit le palais avec tant de malice,
Le nomma pour mémoire, et lui rendit justice.

Mais qu'entends-je ? et quel bruit retentit dans ces lieux ?
Est-ce que tout à coup les clercs séditieux,
Assiégeant de Thémis les suppôts intraitables,
Viendraient, à coups de poing, les forcer d'être affables ?
Je vois des clercs marmots : un employé pédant
Réalise sur eux le geste de Cinglant ;
Précoce partisan de la méthode antique,
Avant qu'elle renaisse, il la met en pratique,
Aidé de la valeur d'un guerrier citadin *,
Dont un regard fait fuir tout l'escadron mutin.

Non loin du cabinet de ce commis terrible,
Nourrisson de Thémis, d'humeur douce et paisible,
J** tient de son père une humble autorité ;
Il est commis par droit de légitimité.

* MM. les petits-clercs de notaire causent tant de tumulte dans
le bureau des légalisations, que la force armée y est en permanence.
C'est un gendarme de Paris qui est chargé de ce rôle.

Ne taxe point d'orgueil sa froideur ingénue ;
Partout, lorsqu'il vous voit, d'abord il vous salue ;
Et quel est l'employé qui de cette faveur,
D'un air même insolent, vous accorde l'honneur ?
  Mais pénétrons plus loin : entrons dans cette salle
Où tu vois ces deux chefs de la troupe fiscale.
Là, pesé par leurs mains, chaque mot d'un arrêt
Passe, malgré nos cris, par le fatal creuset ;
Tous deux dans un registre encadrent, à sa case,
L'impôt mis sur le sens d'une indiscrète phrase.
D***, le premier, se présente à tes yeux,
Des commis du palais le plus laborieux.
Il lira tout d'un trait, j'en ferais la gageure,
Tes factums grossoyés, jusqu'à la signature,
Afin de découvrir un acte impertinent
Qui n'est pas baptisé par l'enregistrement.
Quoique exacteur cruel de l'avide régie,
Son caractère est doux, son humeur est polie.
Son voisin, plus mielleux, affecte en ses discours
D'un adroit orateur les habiles détours,
Enveloppe un refus dans mille politesses,
Se délivre de vous par de vaines promesses ;
Jusqu'à *vous m'ennuyez*, il dit tout poliment,
Et, s'il n'est pas ministre, il en a le talent.
  Non loin, de la chicane est l'aimable prêtresse,
B**, dont l'âge mûr garantit la sagesse,
Affable, gracieuse, et que j'appellerais,
Si j'étais d'Arlincourt, la vierge du palais.
Le cachet de Thémis pèse à sa main fidèle ;
Une digne suivante aide et soutient son zèle ;

Elle est sa messagère, et va, tous les matins,
Porter, par entreprise, arrêts et bulletins
A tous les procureurs, dont la galanterie
D'elle, pour quatre sous, sait se faire une amie.

Ce vieillard, son voisin, doux, mais boudeur parfois,
De Thémis, au comptant, nous délivre les lois.
Son humeur des beaux jours suit, dit-on, le caprice ;
Pour t'adresser à lui saisis un temps propice.

Maintenant du palais vois la Sémiramis,
Qui, jeune, désertant Minerve pour Thémis,
Sous ses drapeaux surpris fit voir une amazone.
C'est toi que je désigne, admirable C** ;
Qui, sentinelle active, inspectant les dossiers
A ton zèle attentif par Thémis confiés *,
Gardes cent vieux procès, noirs débris de la guerre,
Qui dorment ficelés sur des lits de poussière.

Ah ! que je plains le sort de ce clerc apprenti,
Qui, le chef découvert, d'un air humble et poli,
Pour monsieur son patron lui demande un service !
Je la vois, sans répondre à l'orateur novice,
S'empresser pour un clerc adroitement grossier,
Qui sait faire sa cour par son air cavalier.
D'un propos satirique elle aime la finesse,
Se souvient qu'elle est femme et cède à sa faiblesse.
Elle tient sous ses lois un employé maudit,
Qui fait un calembourg et se croit bel esprit ;
Elle exerce sur lui son pouvoir despotique,
En dépit de son sexe et de la loi salique,

---

* L'archiviste est chargé du dépôt des dossiers de toutes les
anciennes procédures.

Et tance quelquefois cet adjoint favori,
Croyant parler encore à son défunt mari.
  Mais allons visiter, pour finir ce voyage,
Les commis que Thémis loge au dernier étage.
Là, tu vois deux greffiers, D** et V***,
Qu'amuse l'embarras d'un jeune débutant;
Mais obligeans tous deux; et sans mon assistance
Avec eux dès l'abord tu feras connaissance.
Voudras-tu, de ton rang quittant l'obscurité,
De maître clerc un jour briguer la dignité?
A tous deux sans façon présente ta requête :
Toujours à nous servir leur amitié fut prête *.
  Près d'eux tu vois D**; il sait le numéro
Des sept mille dossiers rangés dans son bureau,
Comme ces grands esprits, prodiges de mémoire,
Et, s'il n'était commis, serait mis dans l'histoire.
  Non loin de ce réduit, des pauvres écrivains
Sur le papier glissant j'entends courir les mains.
D** est leur monarque, et soudoie à la page
Ces forçats que Thémis condamne à l'esclavage.
  De notre long voyage ici finit le cours.
Par un dernier conseil j'achève ce discours :
N'imite point ces clercs qui, dès l'aube à l'étude,
Gâtent les procureurs par trop d'exactitude;
Crois-moi, pour ton début tu seras accompli,
Si, les deux premiers jours, tu viens avant midi.

---

* L'auteur saisit cette occasion pour remercier, au nom de la basoche tout entière, MM. D** et V*** des recommandations utiles dont ils veulent bien être les interprètes auprès des avoués qui ont besoin d'un premier ou d'un second clerc.

Et quand le maître clerc, amant par avarice,
Épousant une dot, pourra prendre un office,
Héritier de son rang, avec un juste orgueil,
De l'étude à ton tour occupe le fauteuil.

FIN.